KB267680

너는 아직도 창밖에 서 있다

박영무 시집

너는 아직도 창밖에 서 있다

초판 인쇄 | 2025년 7월 3일
초판 발행 | 2025년 7월 10일

지은이 | 박영무
펴낸이 | 서영애
펴낸곳 | 대양미디어

04559 서울시 중구 퇴계로45길 22-6(일호빌딩) 602호
전화 | (02)2276-0078
팩스 | (02)2267-7888

ISBN 979-11-6072-151-5 03810
값 10,000원

* 지은이와 협의에 의해 인지는 생략합니다.
* 잘못된 책은 교환해 드립니다.

너는 아직도
창밖에 서 있다

박영무 시집

눈물이 없는 꽃에서 알찬 열매를 구하기 어렵고 번뇌 없이 자란 나무에서 풍성한 열매를 기약하기 어렵다. 삶이란 아픔의 이야기를 먹고 살아가는 것, 눈물보다 더 좋은 건 기쁨이란다. 번뇌보다 더 좋은 건 행복이란다.

「아픔의 이야기」 중에서

대양미디어

서언

　수십 년의 번뇌를 견디며 여기에 고운 씨앗 하나 움 틔운다.

　잃어버린 것을 찾기 위한 방황을 접고 뿌리 내린 새싹이 자라 오를 때쯤이면 그리운 그 사람은 이 글을 읽어보는 날이 있을까?

　삶의 여울이 굴절하며 굽이치며 정처 없이 흘러도 정갈한 가슴으로 그대 앞에 서고 싶은 내 그리움의 해맑음을 여기에 새겨둔다.

　인생이기에 어느 누구이든 사랑하지 않는 사람이 없고, 사랑하며 더 사랑하며 그리움 없이 살아가는 사람이 없음은 공통분모가 아닐까?

　이 글을 인연한 모든 분의 행복이 충만하기를 기원하면서 줄인다.

2025년 이른 봄에
저자 박영무 서

차 례

제1부

내 님으로 오시는 꽃

여울의 흔적
내 님으로 오시는 꽃
기도처럼 맑은 그대의 눈물
우리 서로를 사랑하지 않으려는가
달무리

여울의 흔적

여울 위에 묵묵히
떠내려가는 작은 잎새에도
가슴 깊이 우러나오는
산울림이 있고

모자란 듯
모자란 듯 굽이치는 실개울에도
호수처럼 맑고 고요한
사랑의 속삭임이 있습니다.

진종일을 흘러도
힘겨운 기색 하나 없이
넉넉한 가슴 우렁우렁 반짝이는
여울은
머언 옛날 그 소녀의
해맑은 웃음소리
귓가에 들려옵니다.

굴곡진 곳 만나면
허리뼈 굽히며 낮은 자리
낮은 데로 흘러도
사랑은 미쁨의 노래 되어 흐르고

내리막길 으깨어지며
곤두박질치는 절망의 아픔
서럽게 내려꽂혀도
배시시 웃음 웃는 얼굴로
강물이 되어— 강물이 되어
일어서는 여울은

너와 나의 지난날을 뒤돌아보는
세월의 거울입니다.

목마름에 타들어 가는 풀잎들의
생명줄이 되어 주면서도

'너 잘 크고, 너 잘 자라면 그만'

여울은 기인 긴 날들의
수고로운 수고로움 다 잊고
풀잎들의 영과 육을 밝혀주는
지극하신 어머니의 젖줄입니다.

우리의 사랑도
세월의 거울을 들여다보며
남모르게 흐느낀 흔적,
남모르게 울먹인 상처 다독이며

어머니의 젖줄 같은 사랑으로
은혜로운 강을 이루면
참으로 아름다운 여울이지 않은가요.

발자국마다
발자국마다

은혜로운 사랑의 숨결이
가슴 가득히 넘쳐오는 지극함에
눈물겨운 발자국들 마디마디
뒤돌아보면
꿈을 다 이룬
보람이지 않은가요.

내 님으로 오시는 꽃

꽃 중에서
가장 순결한 꽃

연잎 가리운
하―얀 속살
눈부심도 한가득
씽긋 웃는 수줍음

나비의 꿈 날아오르는
회산방죽 백련이여,

그대는
안개비 비바람 쥐어 짜낸
뼈 시림을 딛고 이다지
순백의 불을 밝히셨네

그토록 모질고 험한 진흙탕물 속에서도
백팔번뇌 다스린
인고의 고요를 빚어내었구나

사랑은 세월을 번뇌하며
고요의 사무침에 눈을 뜨네

사랑이 번뇌하며 빚어낸 고요는
꽃보다 더 아름답고
사무침에 이즈러진 순수는
향기보다 더 무량하다

무량함에 눈을 뜨는
지극함을
내 안 깊이 간직하면
한평생을 못 잊는 연민이라네

그대 고요의 수줍음을
어찌 연모하지 않을 수 있을까
온갖 번뇌 다 잊고
나 여기
낮달로 서 있네

날이 저물면 머물다 가리니
맑고 고운 그대 곁에 머물다 가리니
우리 사랑 아름다우리 늘 아름다우리

오늘이 가면 다시 만나요
회산방죽 백련꽃으로
우리 다시 만나요
내 님으로 오시는 꽃.

기도처럼 맑은 그대의 눈물

삶의 그 무엇이
그리도 절박하게
순결한 너의 두 뺨에서
기도처럼 맑은 눈물을
맺혀 흐르게 하는가

아침 이슬방울이
방울방울 떨어져 내리는
내 가슴의 빈터에
연민은 눈물 젖은
씨앗으로 내려앉아
별처럼 초롱하다

암울했던 계절의
어느 모퉁이를 돌아서면
꽃 이파리 울컥이던 빈자리
너의 눈물보다 더 맑고 고운 꽃잎이
다시 피어나는 그런 날이 돌아올 수 있을까

사랑은
기다리는 고뇌일수록
때 묻지 않아야 한다
상처받은 그리움일수록
빛바래지 않아야 한다

기도처럼 맑은 너의 눈물이
온 누리 꽃을 피워내는
고요의 빛이기를,

꽃보라 치는 강물 위에
찬란한 한순간을 곱게 접어 둔
영원한 사랑이기를
간절히 부탁한다.

우리 서로를 사랑하지 않으려는가

언제부터인가
너에게
눈이 멀어버린 고뇌를
고백하지 못하여 옹알이 앓는다

모자람이 많은 내 모습을
헤아려 주는 화안한 빛이
너일 수 있다면,

작은 바람결에도 흔들리는
내 영혼의 연약함을
곧바르게 세워줄 수 있는
버팀목이 너일 수 있다면

이 세상 모든 것 아낌없이
너에게 바치리니
우리 서로를 사랑하지 않으려는가

우리에겐 우리에게만 주어지는
내일이 있다
너만을 위해
꽃을 피워내고 싶은
내 진실의 그리움이 있다

이 세상 그 무엇으로도
대신할 수 없는 너,

내 사랑의 진실이
너의 것일 수 있게

내 영혼의 세월까지도
너의 것일 수 있게
너 하나만을 사랑하리니

우리 서로를 사랑하지 않으려는가.

달무리

달무리 동그랗게
얼굴과 얼굴 마주 대고
나무처럼 서 있는
달그림자 하나– 달그림자 하나
어느 사이 달그림자 둥글어 버렸네
둥그렇게 둥글어 버렸네

둥글어 버린 뜨거움이
외로운 내 뜨락으로 내려앉아
은빛 꿈 찰랑이는 고요를
어찌하면 좋으냐
어찌하면 좋으냐

너의 눈부신 가슴은
물결치는 내 가슴팍으로
다가와
수줍게 쿵쾅거리고

물결치는 내 가슴은
수줍음에 쿵쾅거리는
너의 가슴팍으로 다가서며
다가서며
한 세상 품어 안으려고
달그림자 모닥불이 되어 불타오른다

마주 웃으면
둥근 달로 뜨는 조선 가시내야
내 어여쁜
조선 가시내야.

제2부

내일은 웃고 살아야지

사랑은 손익계산을 하지 않는다
내일은 웃고 살아야지
마주치는 그리움은 다시 푸르다

사랑은 손익계산을 하지 않는다

사랑은
어느 한순간의 마주침에서 발화되는
감동의 불꽃이다

벌과 나비가 푸른 초원에서
사랑의 불을 밝히는
호롱불이다

산야의 수목들은
물방울이 증발하는
목마름 속에서도
서로에게 보람의 열매를
익혀내기 위하여 밀착한다

사랑은 한줄기 그리움을 담아내는
아름다운 강물일 수도 있지만
별들이 내려와 추억의
수를 놓아주는

잊혀진 눈물일 수도 있다

사랑은 흘러가는 강물 앞에서
한숨짓는 눈물을 깨물어 삼킬지라도
아름다운 그리움은
손익계산을 하지 않는다

잠시 한때라도
도란거리며 함께일 때
너의 호주머니 것이
나의 것일 수 있고
나의 호주머니 것이
너의 것일 수 있고
믿음의 셈법이 일치하는 우정의 시간은
황금보다 더 귀하고 소중하다
사랑은 깊어 갈수록
손익계산을 하지 않는다.

내일은 웃고 살아야지

어느덧
도시의 불빛은 실눈을 뜨고
골목길 들어서는
우리들의 하루는

한 잔의 술
두 잔의 술에
자근자근 달아오른다

숨 가쁜 초침 소리 시시각각
어둠 속에 묻히고
지워버려도 다시 샘솟는
우리 사랑은
어둠 속에서도
소리 없이 뜨겁다

타는 입술로
너의 고운 눈매를 바라본다

지긋이 타는 목마름으로
너의 향기롭고 부드러운
긴 머릿결을 어루만진다

유리잔에 이글거리는 설레임이
밀물로 넘쳐와서
썰물로 마감되는 뜨거움은
오늘도 빈 가슴 빈 주먹
동그라미 영(○)이다

사랑아,
인생은 어차피
빈손으로 와서
빈손으로 돌아가는 것

유리잔에 채워 넣는
너와 나의 고운 그리움이
찬란한 네온 불빛보다 더 아름답게

간직되는 사랑 하나면
족하지 않으냐

알 속을 다 내어주고도
휘파람을 불며 별을 헤는
빈 술병이 씽긋 웃는다

삶이란 채워 넣기 위해
휘파람을 불어대는 빈 술병인가

너와 나의 땀방울은 유리잔 시울에서
눈물보다 더 아프게 흘러내리고

사랑은
유리잔 시울에서 앙금보다 더 뜨거운
목마름에 목이 마르다

목마름에 타는 목마름이
우리들의 뜨거운 한순간을
불태워버릴지라도
견고함에 어깨를 펴고 마주치는
우리 사랑은
아무렇게나 주어지는 술잔을
마시지 않는다

사랑아,
이제는 웃고 살아야 한다
우리 서로를 존중하고
서로를 아낌없이 사랑하며
마알간 혼백으로 화안하게
함박웃음 웃고 살아야 한다

더 좋은 내일을 위하여….

마주치는 그리움은 다시 푸르다

묵념은 간절하고
그리움은 아득하다

사월의 은행 잎새는
해마다 연둣빛 다시 푸르러도
애증의 세월은 낙엽이 되어
우수수 떨어져 쌓인다

고뇌스러웠던 옛이야기
깊고 깊은 강물에 묻어두어야지
하늘빛 맑음으로 살아가야지

이루지 못한 사랑이라 하여
이루지 못한 건 아니다

너를 위한 내 염원의 기도 소리
또록또록 빛나오는 별이 되리니
묵념은 간절하고
마주치는 그리움은 다시 푸르다.

제3부

너는 아직도 창밖에 서 있다

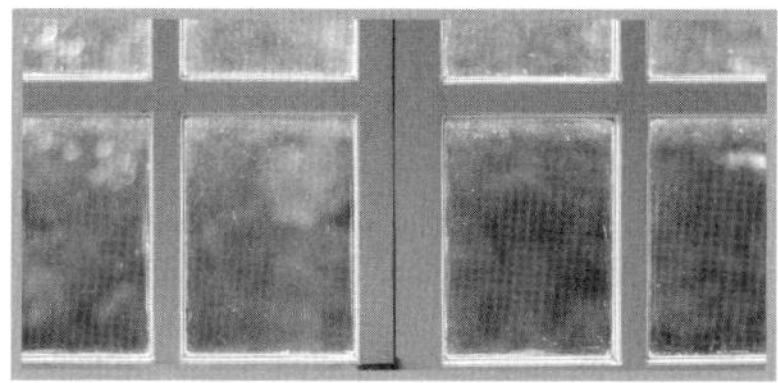

노을의 끝자락
너는 아직도 창밖에 서 있다
바람은 흔들려도

노을의 끝자락

이토록 절실한 바램이
무엇이었던가

오늘 하루도
아둔한 기억 속으로 아득히
저물어간다

사랑이란
놓아두면 저 홀로 날아가는
새의 날개인가

내 따스한 가슴 놓아두고
말없이 떠나버린
너는,
어디만큼 날아가고 있다

꺼내어 볼수록 아름다운
너의 모습은
일몰이 되어 일몰이 되어
서산을 넘는다

일기장 페이지마다
곱게 써 내려간 너의 이름을
다신 부르지 않으마

눈물 젖은 이랑 위에
하얀 민들레 꽃씨를 심는다

어느 날
어느 강변에서
조약돌이 되어버린
내 가슴팍의 뼈 시림에
민들레 꽃씨 썩어내리면

꽃보다 더 아름다운
너의 모습 그대로
다시 꽃 피어날 수 있을까

노을 진 하늘 너머엔
어느새 석양이 물들고
덧없는 사랑은

그림을 그려놓은 듯
일몰 앞에 서 있다

사랑아,
이루지 못하여
더욱 아름다운 사랑아,

어찌하여 우리 사랑은
일몰 앞에만 서면
이다지 아름다워지는 것일까
어찌하여 이다지 새롭게 새롭게만
불타오르는 것일까

어둠이 내리면
별이 빛나오리니
빛나오는 우리들의 별을
조용한 가슴으로 끌어안고
지워버린 너의 이름을 부르다가
다시 부르다가
젖은 눈시울로 잠이 든다.

너는 아직도 창밖에 서 있다

거짓 세월의 어처구니가
가슴의 뼈에 송곳질을 하여도
가슴에 흘러내리는 피는 아프지도 않다

담장 너머 내려꽂히는
빗방울 소리─
그대 한숨짓는 눈물방울 소리

그대 오시는 듯
아니 오시는 듯
발자국 소리만 애틋하여
깊은 밤 잠 못 이룬다

기다림에 지친 유리창엔
너와 나의 눈물비만 차갑게 흘러내리고
휘몰아치는 비바람 헤치며
다가오시는 그대 숨결 소리
눈물겹게 눈물겨웁게

유리창을 두드려도

창문을 밀쳐내지 못하여
소리치는 나의 침묵은
차라리 눈을 감아버린다

너와 내가
거짓 세월의 어처구니를 끌어안고
소리치며 흐느껴 울어버리면
꽃을 피우는 날이 다시 돌아올 수 있을까
그런 날이
정녕, 다시 돌아올 수 있을까

분노하는 깃발은
목이 메이고
맥박이 식어버린 푸른 깃발은
넋을 빼앗긴 여울목에서
아우성치며, 아우성치며

뜨겁게 끓어오른다

기다리는 새벽은 어찌하여
이다지 더디 오시는가요
뻐꾸기 울음소리만 비에 젖어
피를 태우는 어둠의 새벽
아, 어둠의 새벽!

빼앗긴 우리들의 새벽을
되돌려놓고 싶구나
닫혀버린 유리창을
화알짝 열어젖히고 싶구나

심장에서 옹알이 앓는
울분의 피
전율하며
전율하며
솟구치는 목메임이

각혈을 한다
구역질을 한다

분노에 떠는 침묵이여,
대답하라 ― 대답을 하라

아무도 아랑곳하지 않는
배반의 세월이여,
대답하라 ― 대답하라
대답을 하라

이마저 시들어버린
분노의 물결은 대답이 없고
이마저 짓밟힌 깃발은
느낌표도 없다
사랑아,
목련꽃 하얗게 피는 담장 너머
피 울음 울어가는

에밀레 종소리 듣느냐

새벽 종소리
꿈을 꾸는 듯— 꿈을 꾸는 듯
아득히 메아리치는
기막힌 흐느낌 소리 듣느냐
무궁화 꽃은 피고 지는데
너는,
아직도 창밖에 서 있다.

바람은 흔들려도

혼돈의 바람이 고깝게
잔잔한 강물의 높이를
흔들리는 몸짓으로 넘나들어도

온유한 강물은
물결의 높이로 대답할 뿐
강물 속 깊이에서
흔들리지 않는다

갈대는 흔들려도
뿌리는 흔들리지 않고
갈대는 허리가 꺾여도
줄기차게 솟아오른다

갈대는
흔들리지 않는 강물의 깊이를 사랑하여
물그림자 어리는 기다림에 산다

흔들리는 바람은
너의 헤픈 그리움이고
흔들어도 흔들리지 않는
강물의 깊이는
나의 질긴 그리움이란다.

제4부

너는 아느냐

비개인 하늘
너는 아느냐
여의도
무한 리필

비개인 하늘

비개인 하늘 우러르면
먹구름에 씻기운 눈물 자국이
낮은 데로 내려와
번뇌의 허물을 벗는다

야속한 소낙비
주룩— 주룩
눈앞에서 대각선 빗장을 쳐도
소용돌이치는 몸부림 지나가면
모질어서 서러웠던 하늘은
다시 푸르고
삶은 끝없는 넓이에서
힘차게 물결쳐 온다

허공은 아득하여도
고왔던 그리움 새록새록
해님도 해맑게 눈을 뜨고
슬픈 계절은 그렇게

잠시 머물다 지워져 간다

좌절하지 말라
중단하지 말라
사랑은 비 개인 하늘처럼
언제나 다시 푸르다.

너는 아느냐

몇만 리 너울을 빚어
푸른 심장을 질끈 동여매고
아우성치는 깃발로 일어서며
일어서며
끝없이 밀려오고 밀려오는
남빛 푸른 파도여

너는 아느냐
우리들의 발돋움치는 목메임이
눈물로 일어서는
푸른 깃발이었음을
너는 알고나 있음이더냐

넘어져도 으깨어져도
어깨동무 ― 어깨동무
앞으로 ― 앞으로 나아가는
우리들의 간곡한 집념이
뜨거운 사랑의 약속이었음을 아느냐

정녕, 알고나 있음이더냐

부질없고 부질없구나
외도라진 넋두리뿐
저물어가는 세월의 저켠으로
물새 한 마리 외롭게 날아간다

물결이 굴절하며 날은 저물고
다시 돌이킬 수 없는 우리 사랑은
그리움만 쌓이는 모래언덕에서
알 수 없는 편지를 쓴다
알 수 없는 그림을 그린다
하아얗게 부서져도
유구히 일어서는 넋이여,

피눈물을 움켜쥔 손
파르르 떨리는 가슴으로
너에게만 소리친다

으스러져도 다시 일어서는
파도여,

진실한 사랑을 상실해버린 고통이
죽음보다 더 가혹한 절망이었음을
아느냐, 정녕 알고나 있음이더냐
바다마저 상실해버린 울부짖음 소리,
짐승같은 울부짖음 소리 듣느냐

파도여,
파도여.

여의도

여의도는
놀부들의 '마당놀이' 무대인가

벚꽃 흩날리는 계절엔
그럴싸하게 꽃보라 치는 섬
어느 대륙의 황사 바람이
자욱하게 내려 덮이는 하늘

풀잎들은 숨통이 막혀 콜록거려도
미래를 팽개친 놀이마당의 잔치는
현재 진행형이다

양심의 실마리마저 불태워버린
너희들만의 촛불은
누구를 위한 염원인가

너부러진 웃음소리 낭자한
여의도는 침몰하는 중이다

대낮에도 딸꾹질을 하며
2025년도는 섬 기슭을 돌아
돌아가고
한강 물은 벚꽃이 활짝 피는
계절을 잊은 지 오래
멈추어버린 오늘은 내일이 없다
"민나 도로보데스."

무한 리필

오늘은 무한 리필이다

잘난 사람에게도
못난 사람에게도
무한대의 공간에서 넘쳐오는 햇살은
오늘 하루에게
무한 리필이다

마음껏,
욕심껏,
퍼담아 가거라

시샘하는 사람 누구 있으랴
나의 것으로,
너의 것으로,
마음껏 소유할 수 있는
햇살 한가득이면
부럽지도 않고

두렵지도 않다
하늘닿게 어깨에 짊어지고 달려가리라
가볍지도 무겁지도 않은 충만함이
내 소유의 무한 리필이다

모자람이 있어도
업신여김을 당하지 않는
이 넉넉함의 권리,
모두가 가득해서 좋은
무형의 재산

그 누가 허술한 나의 눈물을 거머쥐고
햇살마저 빼앗아가는 야망일 수 있겠는가
그 누가 햇살이 부족하다 하여
층층이 쌓아두려는 어리석음일 수 있는가

가득히 가득히 담아 넣어도
따스함이 더욱 따스해지는 온기에

새싹이 돋는 은혜로운 빛
스스로 따스하지 못하여
썩어내리는 나무의 욕망은
뿌리를 잃고 언젠가는 무너진다

있는 그대로 살아가렴,
있는 그대로 넉넉하렴,
공간도 무한하고 햇살도 무한하다
햇살은 오늘도 무한 리필이다.

제5부

내 숨결 같은 작은 새야

친구야
차 한 잔
내 숨결 같은 작은 새야
바람과 강물과 인생

친구야

언제 보아도
반듯한 모습으로
조용히 거닐던 친구야

너의 곁으로 달려가서
옆구리 쿡 찌르면
뒤돌아보며 마주 웃던
그 시절이 그립구나

마음 쓰임이 깊어
든든했던 네 모습이
다시 그립구나

때 묻지 않았던 그때 그 마음으로
우리 다시 되돌아갈 수 있을까

우리 인생 오늘 일도 모르는데
내일 일을 어찌 알 수 있겠는가

잠시라도 좋으니
건강할 때 건강한 모습으로
우리 한번 만나보세나
보고 싶은 나의 친구야.

차 한 잔

오늘은 차 한 잔을
고마운 마음 마다 않고
건네받지만

내일이면
고마운 그 마음
아껴둔 따스함이 되겠지요

풀잎들이 서로에게
반가운 인사를 주고 받으며
향기로운 꽃밭을 이루듯

우리네 인정머리도
오랑 가랑
정겨운 마음 주고 받으면
참으로 아름답지 않은가요

오늘이 흘러간 먼 후일
첫눈이 내리는 어느 날
따스한 찻잔을 손안에 쥐고
흰 눈송이 흩날리는
창밖을 바라보며

아련히 스치우는 기억 속에서
고마웠던 그 날의 따스함이
따스하게 새로워지는
우리였으면 해요.

내 숨결 같은 작은 새야

너와 내가 처음 마주했던
완행열차 바퀴 소리는
머언 옛날의 기억 속에서
아슬하게
아슬하게
회전목마 맴을 돈다

소리 내어
실컷 울어버리고 싶은
나의 간절했던 사랑은
너의 긴 머릿결 끝자락에서
쓸쓸히 나부끼고

쓸쓸히 나부끼는
너의 긴 머릿결은
날아오르지 못하여 퍼득이는
작은 새의 나래인 양
내 안의 심장에서 깊은 밤을 불사르며

소리 없이 울어댄다

날갯죽지가 찢어지는
퍼덕거림의 고통이 오죽했을까
쓰디쓴 술잔에 어리는
내 그리움의 높이마저
차마 날아오르지 못하여
소쩍새 울음소리보다 더 애절하게 울어대는
내 숨결 같은 작은 새야

언젠가는 날아오르겠지
지금은 어디에선가
무엇이 되어
날아오르고 있겠지

날아오르다가 날아오르다가
까마득한 너의 기억 속에서

따스했던 내 숨결 소리
잠시라도 스치우는 날이면
너마저 흐느껴 울어버리고 마는
그런 날도 있겠지
열차 바퀴 소리 멀어져가는
머언 하늘
날개도 없이 날개도 없이 날아가는
내 눈물보다 더 슬픈 작은 새야.

바람과 강물과 인생

바람은 인생의
머리카락을 스치우며
멀어져가는
갈대의 발자국이란다

강물은 너와 나의 불타는 가슴 속에서
어여삐 여울져가는
'집시의 바이올린'이란다

바람과 강물과 하루살이가
한데 어우러져
달빛 아래 찰랑이는 은빛 꿈이
인생이란다

바람은 강물의 깊이에서 은둔하며
날줄과 씨줄을 엮어내고
강물은 물그림자 어리는 산기슭
모퉁이를 돌아 바람의 무게를 생각하며

바다 앞에 서 있다

인생은 파도의 시울에서 조약돌을 줍는
바람이란다
강물이란다.

제6부

그대는 나의 따스한 햇살이었네

아픔의 이야기

너의 마음이 아프면
나의 마음도 아프다

작은 아픔이라도
마주 웃으며 함께할 때
사랑은 더욱 견고해지는 것

어느 척박한 산골짜기에서
땅을 일구며 살아도 늘 기쁨이듯
각박한 오늘의 삶을 일구어내는 너와 나는
땀방울로 글썽이며 마주 웃는다

눈물이 없는 꽃에서
알찬 열매를 구하기 어렵고
번뇌 없이 자란 나무에서
풍성한 열매를 기약하기 어렵다

삶이란 아픔의 이야기를 먹고 살아가는 것

눈물보다 더 좋은 건 기쁨이란다
번뇌보다 더 좋은 건 행복이란다
아픔의 이야기가 우리의 것일지라도
인내하고 기다리며 내일의 고운 꿈을
엮어내자.

바람의 열차

달려가리라
나를 기다려주는 너를
만나기 위해

평행하는 철길을 따라
지평선 아득한 길
쉼 없이 쉬임 없이
달려가리라

청자 빛 하늘엔
어느새 노을이 붉게 물들고
못다 이룬 우리 사랑은
노을이 붉게 물들어버린 순간에도
물결쳐온다
끝없이 물결쳐온다

물결쳐오는 간절한 사랑은
꿈결 속에서도 목이 마르고

꿈결에서 깨어나도 목이 마르다

어디만큼을 더 달려가야
나를 기다려주는 너를 만날 수
있을까
그리운 너의 가슴을 끌어안고
어엉 엉 울어버리는 기쁨일 수 있을까

꿈을 꾸는 듯
꿈을 꾸는 듯
끝도 없이 달려가는 바람의 열차는
머물다 가야 할 정거장도 없다

너를 만나야 한다 단 한 번만이라도
너를 다시 만나야 한다
너를 만나면
아직 때 묻지 않은 별빛 한 움큼
못다 이룬 그리움 한 움큼

딱 한 움큼만 손에 쥐고
그대 곁에 나란히 머물고 싶다

고요한 밤하늘엔 별빛이 곱구나
참으로 곱구나!

이런 바람 저런 바람

외로운 외로움이 길을 걷는다
그리운 그리움이 고개를 넘는다

고개를 넘어 오솔길 들어서면
눈 부신 햇살도 내 곁에서 나란히
나란히 길을 걷는다

설레임이 웃는다
반짝임이 웃는다

익숙해 보이는 바람 꼬리로
꼬리치는 장난질 좀 보시게나
섬 새악시인 양 수줍은 듯 다소곳한
풀잎들의 옷소매 흔들어 놓고
풀꽃들의 가슴 흔들어 놓고
무심히 떠나가는 바람아,
가엽구나 너의 장난질이
너무 초라하구나

세상살이 그렇고 그런 것 아니겠느냐
초라한 장난질쯤이야 대수롭게 받아 넘기고
화안한 얼굴로 미소지으며
손을 흔들어주는
풀꽃들의 너그러운 무량함에
가슴이 찌잉하구나

꺾이고 눕혀져도 다시 일어서는
풀잎들의 선한 눈매를 바라보아라
마알간 가슴으로 다가오시는 향기로움에
나그네 마음도 풀잎이 되어
풀꽃이 되어 손을 흔든다

외로운 외로움이 외롭다고
길을 걷는다
그리운 그리움이 그립다고
눈시울에 이슬 맺힌다

사랑은 꽃 이파리에 맺히는
이슬방울인가

풀꽃에 맺힌 이슬방울은
땅에 떨어져도 울지 않는다.

그대는 나의 따스한 햇살이었네

그대 가고 없는 빈자리
낙엽 흩날리네

해가 뜨면 따스해지는
따스함의 소중함을
왜 진작에 몰랐을까

따스한 햇살 한 줌이
내 사랑의 목숨인 줄을
왜 진작에 깨닫지 못했을까

밤이 되어서야
그대 따스함이
나의 평온한 삶이었고
빈 가슴 채워주는 사랑이었음을
아쉬워하네

눈물 글썽이지 말게나
그대 가고 없는 빈자리
이뿐이겠는가

우리 서로를 마주 바라보며
기쁨을 나누었던 순간들이
스크린처럼
스치우는 날이면

나 이렇게
낙엽이 지는 나뭇가지 사이로
따스하게 다가오시는 햇살 한 가슴,
한 가슴 한가득 담아내어
따스함이 더욱 따스해지는
그대 고운 웃음소리 바라보네

그대 고운 웃음소리
이뿐이겠는가

그대는 햇살보다 더 따스한
다정하고 자상한
나의 목숨이었네

내 어리석었던 지난날들이
이제야 낙엽 되어 흩날려가네.

제7부

마지막 타오르게 하소서

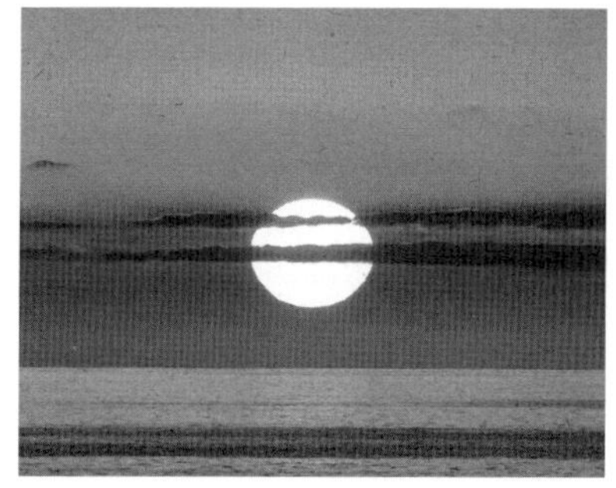

거울 앞에 서면
나의 기도
무심결에 씨앗이 하나
마지막 타오르게 하소서

거울 앞에 서면

거울 앞에 서면
그리운 너를 만난다

너와 마주치는 거울 속 뒤켠에서
못다 한 옛이야기들이
푸른 강으로 흐른다

너의 다정한 목소리
눈부신 가을 햇살처럼 따스하게
귓가에 들려온다
반가움에 뒤돌아보면
창밖엔 바람 소리뿐

사랑은 눈이 멀었는지
귀가 먹었는지
아무도 보이지 않는다

너는 가고 없어도
거울 앞에 서면
그리운 너를 만난다.

나의 기도

거룩하신 우리 주님,
오늘도 우리들의 애틋한 사랑은
변함없이
푸른 강으로만 흐르더이다.

떠나간 사람도
떠나보낸 사람도
아팠던 상처 자국 남김없이
스스로 씻기워가는
아름다운 강물이게 하소서.

주여,
가을이 오면
그토록 푸르렀던 잎새들도
어느새 낙엽이 되어
가을비에 젖는 목숨이더이다.

우리들의 덧없는 삶도
가을비에 젖는 잎새와
다를 바 없음을 깨우쳐 주시는
깨달음이게 하소서.

주여,
지금 이 시간에도
사랑하는 사람들의
애틋한 결별 때문에,

세상살이의 어려운 일 때문에,
고뇌하며 방황하는 영혼들이
헤일 수 없습니다.

저들의 처절한 고뇌가
거룩하신 주님의 품 안에서
위로받고 치유 받는
은혜로운 사랑이게 하소서.

저들의 그 어떤 연민도
저들의 그 어떤 절망도
주님의 품 안에서 이겨내고
스스로 견디어내는 세월이게 하소서.

주여,
주님 앞에만 나아가면
서러웠던 사랑의 슬픔도
어두웠던 삶의 아픔도
은총의 빛으로 가득히 채워 주시더이다.

주여,
아무리 아름다운 사랑도
아무리 아름다운 행복도
사노라면 늙어가는 인생,
바람결에 흩날려가는 꽃잎인 것을
어찌하오리까.

주여,
차디찬 겨울 산속에서
모진 눈보라를 치받으며
벌거벗은 채
봄을 기다리는 겨울나무들의
굳건한 믿음을
눈여겨 바라봅니다.

우리들의 믿음 또한
주님만을 기다리는 간곡함이게 하소서.

주여,
봄이 오면
메말랐던 나무들에도
새 잎새가 피어나고
꽃잎이 피어나듯
우리들의 일편단심이
천국에서 영생을 누릴 수 있는 사랑과

복락을 허락하여 주소서.

주여,
우리들의 믿음이 너무 약하고 허술하여
때로는 십자가를 바라보며
눈물을 삼킵니다.

우리들의 슬픈 사랑의 이야기도
우리들의 절박한 삶의 이야기도
주님의 크신 사랑에 힘입어
내일이면
우리들의 한숨짓는 눈물이 변하여
평온함에 미소짓는 기쁨이 되고

내일이 오면
아,
그날이 오면
밝고 고운 행복으로 가득히 채워지는

희망에 찬 삶의 디딤돌이게 하소서.

주여,
나무들의 잎새와 다를 바 없는
덧없는 목숨이
주님을 섬기며 살아가는 동안에

단, 일 분
단, 일 초라도
주님을 위하여 쓰이는
빛과 소금이게 하소서.

주님의 보혈로 알차게 영글어가는
열매이게 하소서.

무심결에 씨앗이 하나

가는 길 가노라면
그냥 가야 하지 않겠는가

허공에 그려주고 간
하아얀 손짓 잊은 지 오래

오늘 다시 뒤돌아보면
그대 아직 그 자리에 서 있고

꽃 지고 잎새 져도
그대 아직 그 자리에 서 있네

뒤돌아보지 말게나
가슴 속에 여물어도 허상인 것을

물속에 어리는
그대 고운 물그림자 꺼내어
손에 꼬옥 쥐어보아도

손금에 젖어오는 건
그대 눈물이어라

무심결에 씨앗이 하나
씨앗이 하나.

마지막 타오르게 하소서

마지막 타오르게 하소서
여백의 한 자락까지
화알 활 불타오르게 하소서

석양이 물들면 온 누리
찬란한 작별의 시간

서로를 떠나보내는 아쉬움의 눈물이
두 뺨에 젖어 흘러내릴지라도

하얀 손 높이 들어 행복을 빌어주는
아름다운 사랑이게 하소서

아직도 떠나보내지 못하는 아쉬움에
가시침 박혀버린 고통일지라도
서러운 눈물 자국 맑게 고여오는
지극한 그리움이게 하소서

마지막 노을이 붉게 타오르는
저켠으로
저녁 종소리 메아리쳐 갑니다

아, 그리운 당신
간구하여도 아득히 멀어져갑니다.

한국적 서사시의 황홀한 범람

– 박영무 시집 『너는 아직도 창밖에 서 있다』를 읽고 –

김 용 언

(시인,《현대작가》회장)

1. 가슴 가득 넘쳐 오르는 꿈, 희망, 사랑

필자는 박영무 시인의 시집 『너는 아직도 창밖에 서 있다』를 정독하고 나서 바로 평설 제목을 '한국적 서사시의 황홀한 범람'이라고 정하였다. 더 극찬하는 제목을 붙이고 싶었지만 필자의 표현력이 부족함을 어떻게 극복할 수 없었다.

현대시란 서정시가 아니라는 편견에 사로잡힌 문인들이 더러 있다. 20세기에 등장한 실험시 또는 전위시의 관점에서 시의 개념에 접근했기 때문이다.

박영무 시인은 우리에게 항상 다양한 서정시의 문학적 외연을 열어 보여주었으며, 인간 존재의 실존적 그리움을 서정적, 철학적으로 그리는 시인으로 알려져 있다. 또한 잃어버린 것을 찾기 위한 전통의식 등 동양의 철학과 사상을 감각적이고도 역설적인 모더니스트의 문체로 담아냈다는 평가를 받아왔다.

이 시집의 서언에서도 우리는 박영무 시인의 서정적 미학을 추구하는 진지한 자세를 찾아볼 수 있다.

"수십 년의 번뇌를 견디며 여기에 고운 씨앗 하나 움틔운다. 잃어버린 것을 찾기 위한 방황을 접고 뿌리 내린 새싹이 자라 오를 때쯤이면 그리운 그 사람은 이 글을 읽어보는 날이 있을까?

삶의 여울이 굴절하며 굽이치며 정처 없이 흘러도 정갈한 가슴으로 그대 앞에 서고 싶은 내 그리움의 해맑음을 여기에 새겨둔다. 〈하략〉"

박영무 시인은 그의 대부분의 시작품 속에서 '은혜로운 사랑의 숨결'을 찾고자 기도하는 호흡을 보여준다.

〈전략〉

굴곡진 곳 만나면
허리뼈 굽히며 낮은 자리
낮은 데로 흘러도
사랑은 미쁨의 노래 되어 <u>흐르고</u>

내리막길 으깨어지며
곤두박질치는 절망의 아픔
서럽게 내려꽂혀도
배시시 웃음 웃는 얼굴로
강물이 되어- 강물이 되어
일어서는 여울은

너와 나의 지난날을 뒤돌아보는
세월의 거울입니다.

목마름에 타들어 가는 풀잎들의
생명줄이 되어 주면서도
'너 잘 크고, 너 잘 자라면 그만'

여울은 기인 긴 날들의
수고로운 수고로움 다 잊고
풀잎들의 영과 육을 밝혀주는
지극하신 어머니의 젖줄입니다.

우리의 사랑도
세월의 거울을 들여다보며
남모르게 흐느낀 흔적,
남모르게 울먹인 상처 다독이며

어머니의 젖줄 같은 사랑으로
은혜로운 강을 이루면

참으로 아름다운 여울이지 않은가요.

발자국마다
발자국마다
은혜로운 사랑의 숨결이
가슴 가득히 넘쳐오는 지극함에
눈물겨운 발자국들 마디마디
뒤돌아보면
꿈을 다 이룬
보람이지 않은가요.
          - 시「여울의 흔적」부분

삶의 낭떠러지로 우리를 밀어내는 것은 여러 가지 요인이 있을 것이다. 자기 자신 가슴 깊이 우러나오는 산울림, 모자란 듯 굽이치는 실개울, 힘겨운 기색, 타인, 관계, 꿈, 실패, 내리막길, 굴곡진 곳, 곤두박질치는 절망의 아픔 등일 수가 있다. 거기에서 헤어나는 것은 '미쁨의 노래' '웃음 웃는 얼굴' '뒤돌아보는 세월의 거울' '생명줄' '어머니의 젖줄' '은혜로운 강' '아름다운 여울' '사랑의 숨결' 등이 있을 것이다.

박영무 시인은 앞에 인용한 「여울의 흔적」뿐만 아니라 「우리 서로를 사랑하지 않으려는가」 「내일은 웃고 살아야지」 「비 개인 하늘」 등, 많은 시작품 속에서 꿈과 희망과 사랑과 미래의 노래를 들려주고 있다.

박 시인의 시의 하늘에는 모든 존재들이 자유와 생명, 그리움과 기다림, 존엄성과 고귀함을 간직한 별 무리가 해와 달을 가운데에 두고 반짝이고 있는 것이다.

2. 대비와 은유, 직유와 환유 등을 융합

혼돈의 바람이 고깝게
잔잔한 강물의 높이를
흔들리는 몸짓으로 넘나들어도

온유한 강물은
물결의 높이로 대답할 뿐
강물 속 깊이에서
흔들리지 않는다

갈대는 흔들려도
뿌리는 흔들리지 않고
갈대는 허리가 꺾여도
줄기차게 솟아오른다

갈대는
흔들리지 않는 강물의 깊이를 사랑하여
물그림자 어리는 기다림에 산다

박영무 시인의 감수성의 특질은 공감각에 있다고 할 수 있겠다. 한 대상에 대하여 박 시인은 동시에 여러 감각을 동원시켜 예민한 반응을 보이는가 하면 그것을 생생하게 인식하게 하는 것이다.

공감각은 첫째 대상에 접하여 촉발된 한 감각이 다른 감각으로 전이되는 것을 뜻한다. 곧 두 개 또는 세 개 이상의 감각이 결합된 형태를 의미한다.

위에 인용한 「바람은 흔들려도」를 살펴보면 혼돈의 바람→잔잔한 강물의 높이→흔들리는 몸짓→온유한 강물→강물 속 깊이→갈대→뿌리→흔들리지 않은 강물의 깊이→물그림자 어리는 기다림→흔들리는 바람→너의 헤픈 그리움→흔들어도 흔들리지 않음→강물의 깊이→나의 질긴 그리움 등으로 공감각이 물 흐르듯 자연스럽게 전개됨을 파악할 수 있다.

이렇듯이 감각의 전이는 원관념에서 보조관념으로 자연스럽게 옮겨간다. 왜냐하면 보조관념의 감각을 시인의 예리한 감각체험에서 상징적으로 촉발된 것이기 때문이다.

"〈전략〉 너의 다정한 목소리/ 눈부신 가을 햇살처럼 따스하게/ 귓가에 들려온다/ 반가움에 뒤돌아보면/ 창밖엔 바람 소리뿐 // 사랑은 눈이 멀었는지/ 귀가 먹었는지/ 아무도 보이지 않는다// 너는 가고 없어도/ 거울 앞에 서면/ 그리운 너를 만난다.
　　－ 시 「거울 앞에 서면」 부분

"〈전략〉 사월의 은행 잎새는/ 해마다 연둣빛 다시 푸르러도/ 애증의 세월은 낙엽이 되어/ 우수수 떨어져 쌓인다 // 고뇌스러웠던 옛이야기/ 깊고 깊은 강물에 묻어두어야지/ 하늘빛 맑음으로 살아야지 // 이루지 못한 사랑이라 하여/ 이루지 못한 건 아니다 // 너를 위한 내 염원의 기도 소리/ 또록또록 빛나오는 별이 되리니/ 묵념은 간절하고/ 마주치는 그리움은 다시 푸르다.
　　－ 시 「마주치는 그리움은 다시 푸르다」 부분

모든 그리움과 모든 시詩는 항시 서정적인 말을 내뿜고 있다. 시인이 진정으로 사물 속에 숨어 있는 말을 찾아내고, 사물 속에서 방금 알을 깬 병아리처럼 다시 세상 속으로 빠져나오는 시어詩語를 채집하기 위해서는 자신의 삶과 주변의 삶에 깊디깊은 관련을 맺어야만 한다. 더욱 뜨겁고, 더욱 긴밀한 관련이어야만 자신의 입지를 확보해 갈 수가 있는 것이다.

위에 인용한 「거울 앞에 서면」과 「마주치는 그리움은 다시 푸르다」를 살펴보아도 우리의 박영무 시인은 자연이나 현상 속에 숨어 있는 참으로 고유하고 의미심장한 말을 찾아내기 위하여 부지런한 삶을 영위하고 있다.

그렇다고 어렵거나 생경한 시어를 찾아다니는 게 아니라 쉬우면서도 깊이 있는, 살아 숨쉬는 말을 찾아내는 것이다. 그것은 눈부신 가을햇살처럼, 귓가에 들려오는 반가움처럼, 고뇌스러웠던 옛이야기처럼, 또록또록 빛나오는 별처럼, 간절한 묵념처럼 우리의 가슴 깊은 곳까지 찾아오는 것이다.

요즈음 상당수의 젊은 시인들은 사물이 내뿜는 진정한 말을 제대로 발견하지도 못하고, 이미 남이 발견해 놓은 말을 흉내내거나, 시어詩語로서의 고유의 의미가 전혀 성립도 되지 않는 말을 함부로 내뱉어서 시문학의 질서를 더욱 혼란 속에 빠트리고 있다.

거기에 비해 박영무 시인은 『너는 아직도 창밖에 서 있다』 시집 속에서 고요의 절대적인 경지가 무엇인가를 보여 주었다. 또한 대비와 운유, 직유와 환유 등 여러 수사법을 자연스럽게 융합시킨 시작품들을 여럿 보여주었다. 작은 의식에 대비한 크나큰 진정성이라고 할 만하다.

어느 시인이 펴내는 한 권의 시집에 그냥 그대로 읽을 만한 작품이 1~2편 섞여 있는 경우도 참 드문 현실에서 읽을 만한 시작품이 수두룩한, 그것도 절창이 여러 편이 나 끼어 있다는 사실은 우리를 더욱 놀라게 하고, 또다른 시인들로 하여금 시샘까지 느끼게 한다.

그러나 그것이 도저히 아무나 다 다룰 수 있는 세계가 아닌 것이 바로 시인으로서의 박영무만이 지니고 있는 강점이라고 할 수 있겠다.

3. 기도처럼 맑은 서정적 감성

거짓 세월의 어처구니가
가슴의 뼈에 송곳질을 하여도
가슴에 흘러내리는 피는 아프지도 않다

담장 너머 내려꽂히는
빗방울 소리-
그대 한숨짓는 눈물방울 소리

그대 오시는 듯
아니 오시는 듯
발자국 소리만 애틋하여
깊은 밤 잠 못 이룬다

기다림에 지친 유리창엔
너와 나의 눈물비만 차갑게 흘러내리고
휘몰아치는 비바람 헤치며

다가오시는 그대 숨결 소리
눈물겹게 눈물겨웁게
유리창을 두드려도

창문을 밀쳐내지 못하여
소리치는 나의 침묵은
차라리 눈을 감아버린다

너와 내가
거짓 세월의 어처구니를 끌어안고
소리치며 흐느껴 울어버리면
꽃을 피우는 날이 다시 돌아올 수 있을까
그런 날이
정녕, 다시 돌아올 수 있을까

분노하는 깃발은
목이 메이고
맥박이 식어버린 푸른 깃발은
넋을 빼앗긴 여울목에서
아우성치며, 아우성치며
뜨겁게 끓어오른다

기다리는 새벽은 어찌하여
이다지 더디 오시는가요
뻐꾸기 울음소리만 비에 젖어
피를 태우는 어둠의 새벽

아, 어둠의 새벽!

빼앗긴 우리들의 새벽을
되돌려놓고 싶구나
닫혀버린 유리창을
화알짝 열어젖히고 싶구나

〈중 략〉

이마저 시들어버린
분노의 물결은 대답이 없고
이마저 짓밟힌 깃발은
느낌표도 없다
사랑아,
목련꽃 하얗게 피는 담장 너머
피 울음 울어가는
에밀레 종소리 듣느냐

새벽 종소리
꿈을 꾸는 듯– 꿈을 꾸는 듯
아득히 메아리치는
기막힌 흐느낌 소리 듣느냐
무궁화 꽃은 피고 지는데
너는,
아직도 창밖에 서 있다
　　　　－ 시「너는 아직도 창밖에 서 있다」부분

삶의 그 무엇이
그리도 절박하게
순결한 너의 두 뺨에서
기도처럼 맑은 눈물을
맺혀 흐르게 하는가

아침 이슬방울이
방울방울 떨어져 내리는
내 가슴의 빈터에
연민은 눈물 젖은
씨앗으로 내려앉아
별처럼 초롱하다

암울했던 계절의
어느 모퉁이를 돌아서면
꽃 이파리 울컥이던 빈자리
너의 눈물보다 더 맑고 고운 꽃잎이
다시 피어나는 그런 날이 돌아올 수 있을까

사랑은
기다리는 고뇌일수록
때 묻지 않아야 한다
상처받은 그리움일수록
빛바래지 않아야 한다

기도처럼 맑은 너의 눈물이
온 누리 꽃을 피워내는
고요의 빛이기를,

꽃보라 치는 강물 위에
찬란한 한순간을 곱게 접어 둔
영원한 사랑이기를
간절히 부탁한다.
　　　　- 시 「기도처럼 맑은 그대의 눈물」 전문

　세상이 시끄러울수록 크나큰 목소리만 들리고 사방천지가 어두울수록 커다란 몸짓만이 보인다고 한다. 이러한 때에 우리에게 다가온 박영무 시인의 『너는 아직도 창밖에 서 있다』는 한없이 낮은 자세로, 허나 아버지와 어머니의 그리움과 기다림처럼 더할 나위 없이 뜨겁게, 잔잔하게 우리 가슴 속을 파고든다. 따라서 이 시집은 다정한 목소리의 결로 서정적인 감성을 읊조리고 있기에 그 울림이 큰 시집임에 틀림없다고 볼 수 있다.

　요즈음 수많은 시집들이 경박스러운 기교주의나 다다이즘에 빠져 있거나, 초현실주의 또는 실존주의 따위가 마구 흩뿌려대는 몽롱함이랄까 치기만만함 등에 빠져 있을 때, 박영무 시인의 『너는 아직도 창밖에 서 있다』가 당당하게 나타난 것이다.

　박영무 시인의 이번 시집은 서민적인 가락, 한없이 다정다감한 시어詩語, 민중적인 정서라는 문학 보편주의의 원칙을 지키면서도 마치 갈기를 의기양양하게 나부끼는 늠름한 적토마처럼 우리 한국 문단의 드넓은 들녘에 당당히 등장한 것이다.

　거짓 세월, 가슴의 뼈, 송곳질, 한숨, 눈물방울, 잠 못 드는 깊은 밤, 눈물비, 나의 침묵, 식어버린 맥박, 뻐꾸기 울음소리, 피를 태움, 어둠의 새벽, 닫혀버린 유리창, 짓밟힌 깃발, 아득한 메아리, 에밀레 종소리, 기막힌 흐느낌 소리 등을 통하여 창밖에 서 있는 객체와 총체성에 관한 깨달음과 기본적 정서를 뜨겁게 표출함으로써 읽은 이로 하여금 서민적 연민을 느끼도록 이끌어들이게 하는 묘한 흡인력, 유니크한 표현법을 박영무 시인은 지니고 있다.

　의도적인지, 아니면 타고난 율격의 시인인지는 몰라도 4-3-3, 4-4-3, 3-3-5, 4-4-5 등 낭송하기 좋은 율격의 시를 박영무 시인은 많이 보여주고 있다. 여기에는 시의 율격 반응과 그 효과까지를 염두에 둔 시인 자신의 매우 의도적이고도 조직적인 배려가 작용되고 있는 것으로 짐작이 된다.

"사랑은/ 기다리는 고뇌일수록/ 때 묻지 않아야 한다/ 상처받은 그리움일수록 빛바래지 않아야 한다 // 기도처럼 맑은 너의 눈물이/ 온 누리

꽃을 피워내는/ 고요의 빛이기를, // 꽃보라 치는 강물 위에/ 찬란한 한순
간을 곱게 접어 둔/ 영원한 사랑이기를 간절히 부탁한다.”

「기도처럼 맑은 그대의 눈물」 속에서 볼 수 있듯이, 말
그대로 사람 사는 일의 보편적인 한과 눈물까지도 대자
연의 흐름, 눈에 보이는 사물에 빗대어 자연스럽게 보여
주고 있다. 여기에 박영무 시인의 독특함과 강점이 있는
게 아닐까.

우리는 박영무 시인의 시가 앞으로 더 큰 비상을 향해
고동치며 자신의 길을 힘차게 열어갈 것임을 확신한다.
또한 우리는 박영무 시인을 통하여 우리 시대 시인들의
올곧고 참다운 시정신의 한 전형을 만날 수 있으며, 올바
른 시적 진실의 좌표를 제공 받을 수 있겠다. 사실 이러
한 경험을 할 수 있다는 것은 얼마나 행복하고, 얼마나
다행스러운 일인가. 우리 곁에 이처럼 따뜻한 가슴을 지
닌 시인이 더불어 함께 살고 있다는 사실은 얼마나 가슴
든든하고, 얼마나 미더운 일인지 모른다.

필자는 박영무 시인의 시집 『너는 아직도 창밖에 서
있다』의 평설을 마치며 물세례를 받은 느낌이다. 한국적
서정시가 황홀하게 범람하는, 싱그러운 뮤즈의 연못에
푸욱 들어가 물세례를 받고 나온 기분이다. 박 시인의 시
집 상재를 다시 한번 경하드린다.